AF346337

VENTE

Du Vendredi 22 Décembre 1899

HOTEL DROUOT — SALLE N° 9

à 2 heures 1/2 précises

SOLDATS DE FRANCE

ET AUTRES

DESSINS

PAR

HENRI PILLE

Me **MOTEL**, Commissaire-Priseur

M. MOLINE, Expert

IMPRIMERIE MAULDE & RENOU
——
MAULDE, DOUMENC & Cie

IMPRIMEURS DE LA COMPAGNIE DES COMMISSAIRES-PRISEURS

Rue de Rivoli, 144 — Paris

CATALOGUE

DE

DESSINS

PAR

HENRI PILLE

DONT LA VENTE AURA LIEU

HOTEL DROUOT — SALLE N° 9

Le Vendredi 22 Décembre 1899

A DEUX HEURES ET DEMIE PRÉCISES

COMMISSAIRE PRISEUR	EXPERT
Me MOTEL	**M. MOLINE**
3, rue Rossini, 3	20, rue Laffitte, 20

EXPOSITION PUBLIQUE

Le Jeudi 21 Décembre 1899, de 1 heure 1/2 à 5 heures 1/2

PARIS — 1899

CONDITIONS DE LA VENTE

Elle sera faite au comptant.

Les Acquéreurs paieront **cinq pour cent** en sus des adjudications.

MAULDE, DOUMENC et Cⁱᵉ, imprimeurs de la Cⁱᵉ des Commissaires-Priseurs, rue de Rivoli, 144.　1000—85596

HENRI PILLE

Les dessins qui vont être dispersés, et dont voici le catalogue, nous offrent une occasion d'offrir à la mémoire de Henri Pille un juste tribut d'admiration.

Tant qu'il vécut, Henri Pille apparut tellement camarade des contemporains, que ceux-ci parlèrent de son talent légèrement, le louant juste ce qu'il fallait pour ne pas pécher par ingratitude, mais ne se rendant pas un compte exact de la grande place qu'il mérite d'occuper parmi les dessinateurs de notre époque.

Il fallut que le crayon lui tombât des mains, et qu'une fin prématurée arrêtât ses productions abondantes, pour qu'on mesurât le vide énorme que sa mort allait creuser. Je pensais à cette équité d'outre-tombe, équité trop tendue, — qu'il eût été si facile pourtant de manifester à l'égard de l'excellent artiste! — en feuilletant tous ces dessins, où, selon son goût de prédilection, en patriote ardent, fidèle à la gloire des lointaines épopées de la Révolution et de l'Empire, il se plut à glorifier ces généraux et ces armées, qui vivent dans l'histoire comme le symbole le plus parfait du soldat.

Il y a, dans la collection qui suit, des pages de tout

premier ordre, graves ou gaies, toutes d'une expression intense, d'un caractère défini, où Pille apparaît avec ses qualités d'exactitude, de composition et d'originalité.

C'est qu'il était extraordinairement éveillé à tout ce qui était du domaine de l'art, le bon maître, que nous appelions familièrement le père Pille.

Peintre, il a signé des tableaux qui ont déjà la patine, des œuvres maîtresses, des œuvres qui vivent éternellement à la cimaise des musées, portant, avec tout le ragoût de l'art, toute la puissance d'expression d'une manière profondément vraie, toute la solidité de métier que donne une étude constante, plus encore qu'une habileté naturelle de tempérament, portant, dis-je, je ne sais quel frisson de la vie, qui vous arrête, vous force d'admirer, vous émeut.

Aquarelliste, il le fut essentiellement. Nul mieux que lui, et avec un plus sommaire appareil, ne sut faire chanter, sur le papier, un chromatisme léger et riche, d'une harmonie délicieusement appropriée. Son œil, d'une sensibilité aiguë, n'eût pas permis à son pinceau rien qui sentît la science, l'effort difficile, la recherche à effet laborieux et péniblement compréhensible; et pourtant, dans ces feuilles, qu'il exécutait comme en se jouant, quelle science affinée il dépensait; quels tours de force il accomplissait; quelle magnifique conquête il obtenait par un triomphe de clarté, de lumière et de simplicité!

Dessinateur et illustrateur enfin! Que pourrais-je dire ici que les lecteurs de ces lignes n'aient été pendant dix ans à même de juger par eux-mêmes. Il avait voyagé et il avait étudié : il avait une colossale érudition, et sous son air bonhomme de « castrothéodoricien » madré, ainsi qu'il le disait souvent, il cachait l'esprit le plus renseigné, le plus meublé de documents et de souvenirs. qui se puisse imaginer.

Aussi, quand on feuillette ses illustrations et ses compositions originales, on demeure confondu devant le colossal ensemble de connaissances dont elles témoignent.

Évocations d'autrefois, ou visions contemporaines, reconstitutions historiques ou cocasseries observées au hasard de courses en province, improvisations jetées sur le papier. selon le caprice de son rêve, ou interprétations précises de textes, dont il avait pénétré l'esprit en lettré amoureux des bonnes lettres, Pille a fait tout cela avec une égale supériorité.

On lui a parfois reproché de trop produire, de produire trop facilement.

Et que vouliez-vous donc qu'il fît : il avait au bout des doigts la fièvre d'écrire des figures : il ne pouvait voir une surface unie et blanche, sans qu'immédiatement son imagination toujours en éveil y devinât toute une farandole de bonshomme, de tous les pays et de toutes les époques, dont le caprice brusque, avec une gaieté non dépourvue d'ironie, venait tenter sa plume ; et Pille ne savait pas résister à la tentation : il faut nous en féliciter.

Dans ce besoin de dessiner, dans cette hâte de ne pas perdre un instant qui pouvait être employé à l'art qui le sollicitait sans cesse, peut-être avait-il l'inconscient pressentiment que sa vie serait trop tôt interrompue.

Certes, s'il s'était entouré, pour travailler, d'un appareil tant soit peu solennel, s'il avait voulu laisser entendre que chaque trait de crayon, échappé de sa main était le résultat d'un raisonnement longuement mûri ; s'il avait, par un cabotinisme courant, affecté de soulever des montagnes, chaque fois qu'il dessinait un costume ou mettait un bouton le long d'un parement, le public n'eût pas hésité à lui décerner un brevet de génie. Mais Pille n'aimait pas la représentation.

Dans le désordre de son atelier, il lui suffisait d'un

petit coin de table, d'une bonne pipe, d'une main de papier écolier et d'une bouteille d'encre de Chine. Avec cela, il passait ses journées, sans souci du qu'en dira-t-on, heureux de travailler, accueillant et spirituel, ignorant les élégances modernes, et doucement railleur au dandysme, dont il percevait nettement l'inutile et maladive sottise.

Pour ceux qui l'ont connu, pour ceux qui ont feuilleté son œuvre immense, Pille est un des hommes dont l'art national a le droit d'être fier.

Et plus on ira, plus on s'apercevra que cet artiste était un grand artiste.

L. ROGER-MILES.

DESSINS A LA PLUME

SOLDATS DE FRANCE

1 — *Bonaparte à la prise de Lodi.*

2 — *Napoléon, le Vice-Roi et le Prince de la Moskowa* (Bataille de Lutzen).

24 — *Soldats de Championnet* (Armée de
Rome).

25 — *Épisode de la prise de Valence.*

26 — *La Charge à la baïonnette* (Campagne
de Saxe).

27 — *Épisode de la Campagne de Russie.*

28 — *La Maison de Pichegru à La Haye:*
« Nous voudrions que la maison des
« représentants du peuple fût de verre
« pour que le peuple pût être témoin de
« leurs actions. »

29 — *Hoche quittant Dusseldorf.*

30 — *Les Hussards de Szeckler attaquant une
diligence.*

31 — *L'Armée de Desaix en Égypte.*

32 — *Soldats de l'Armée de Moreau.*

33 — *Le Passage du Rhin.*

34 — *Carnot en exil.*

35 — *L'Investissement d'Ypres.*

36 — *Desaix, blessé, recevant à Strasbourg la
visite des généraux Latour et Nauen-
dorf.*

37 — *Le général Zach et son État-Major rendant leurs épées* (Bataille de Marengo).

51

*L'Armée française à
Aix-la-Chapelle.*

DIVERS

56 — *L'Embarquement des troupes à Civita-Vecchia.*

www.ingramcontent.com/pod-product-compliance
Lightning Source LLC
LaVergne TN
LVHW050225180726
843501LV00013BA/3169